_____마음이 갑니다

그냥 _____
지나치지 않는
마음입니다

굳세나

자연과 일상에서 얻은 영감으로 글씨를 쓰고, 이미지를 만드는 캘리그라퍼. 누군가에게 봄을 선물하고 싶은 마음이 모든 것의 시작이었다. 매일 꽃이 담긴 일러스트와 짧은 문장이 담긴 엽서를 쓰기 시작했고, 그렇게 한 통씩 쌓인 엽서는 한 권의 책이 되었다. 꽃잎, 나뭇가지, 잎사귀와 같은 자연물을 활용한 오브제와 감성적인 글귀가 어우러진 캘리그래피 작품이 인스타그램을 중심으로 SNS 상에서 큰 사랑을 받고 있다. 카카오스토리에서 스토리텔러로 활동 중이며, 지은 책으로는 《읽으면 진짜 손글씨 예뻐지는 책》《이 봄날, 당신 생각이 났어요》《오늘은 그저 당신의 안부가 궁금합니다》《당신 생각이 났어요》가 있다.

인스타그램 @good_sena

그냥 ———————
지나치지 않는
마음입니다

굳세나 에세이

테라코타

나를 위한 마음
너를 향한 마음으로

사람들은 많은 걸 그냥 흘려보냅니다. 하지만 그냥 스쳐 지나가는 사소한 것을 놓치지 않고 바라보는 시선과 마음이 있어, 오늘 우리가 소소한 위로를 받는 건 아닐까요?

제 어린 시절에는 길가의 작은 풀과 꽃, 나뭇잎과 돌멩이같이 사소한 것들이 소중한 놀잇감이었습니다. 저는 지금, 그 사소한 것들로 여러분들에게 소소한 응원과 위로, 그리고 사랑 고백을 하려고 합니다.

하얀 종이 위에 간단한 그림과 자연을 얹고 글씨를 썼습니다. 그 과정이 나를 쓰다듬고 위로하고 사랑할 수 있는 계기가 되었습니다. 자연을 만나듯 이 책이 여러분 마음의 산책로가 되기를 바랍니다.

2024년 봄, 굳세나

Part 1

사소하고 소소한__마음

넌 혼자가 아니야

가라앉지 마

있는 힘을 다해
헤엄쳐야 해

아낌없이 기도하고
아낌없이 응원할게

너에게
닿을 수 있을 만큼

아픔

격려미-

사라지지않아-

울고 싶으면
실컷 울어도 돼

다만 기억해
비록 어둠이 해를 가려도
반대쪽 같은 자리에서 빛나고 있어
잠시 외출했다 생각하면 어떨까
며칠만 지나면 넌 웃고 있을 거야

하고   싶은 거

새로운 것을 시도할 수 있는

다-

해

새로운 기회로 가득해

아마도 그 맛은 세상에서
가장 행복한 맛일 거야

자주 꺼내 먹고 싶거든

언젠가 내가
"너는 파란 하늘을 닮았어" 하니까
너는 "내가 못생긴 거구나" 했지
변덕스러운 구름 없는 하늘이 너 같기만 했는데
넌 구름 있는 하늘이 더 예쁘다 했어

오늘이 네가 좋아하는 날이네
어제는 네가 생각나는 날이었고

널 만난건 기적이야

네가 내 옆에 있다는 것만으로
사랑스러운 날이야

고마워
사랑해
행복해
응원해

나와 산책하는 날

당신은 길을 잃은 것이 아니라
찾고 있는 거예요

매일매일 흔들리지만 그래도
당신은 찾을 거예요

(팁, 눈을 밖으로 돌리지 말고, 내 안을 들여다보기)

당신거예요

선물 같은 오늘이
바로 당신 거예요

그러니까 감사
그럼에도 감사
그럴수록 감사
그것까지 감사

내가 나다울 때
가장 아름다워

내가 나다울 때
가장 빛나

곧,
행복해질 시간이야

행복하세요

그러니까
자주 맛있는 거 먹고
자주 농담하고
자주 대접해 주고
나를 돌보는 훈련이 필요해

행복의 크기에 집착하기보다
행복의 빈도를 높인다면
특별한 나의 이야기는 계속될 거야

그런 나의 이야기가 나는 궁금해

당신품과 눈맞춤

제일 예쁜 사랑이니까 —
제일 예쁘고 푸르고 반짝이는 걸로

달아 달아 집집마다
환한 빛을 부탁해

———

내 소원만 들어주면 좋겠지만,
나는 나만 행복한 것보다
같이 행복한 게 더 좋아

내 소원은
네 소원도 같이 이루어지는 거야

너도 잘 되고
나도 잘 되고

내 거 이루어져라
네 거 이루어져라

내 소원 꼭
들어줘야 해

떠나고 싶고
날아가고 싶은
사소하고 소소한
마음을 걸어 놓았습니다

있잖아요 그런 날
새콤달콤한 게 필요한 날

씨잔뜩인 그런날

그나저나 당신의 출발은 무슨 색이었나요?

기억해요
하루의 색을 결정하는 건
나 자신뿐이라는 걸

다 지난 일이야

잊어버려

오늘만 신경 쓰기

인생의 시작은 항상 오늘이에요

푸른 날도 좋았고

완벽하지 않은 날들이 쌓여

무르익은 날도 좋겠지

좋은 것들이 훌쩍 차오르겠지

혼자만의 시간을 걸어보니~

좋은 것에 집중해

나에게 힘든 시간에서 벗어날 수 있는 기회를 주세요
우리 모두에게 두 번의 삶이 있대요
삶이 한 번뿐이라고 깨달았을 때 시작된다고 해요
그러니 오늘 마음을 열고
혼자만의 시간을 보내는 건 어떨까요?
평소 보이지 않던 것들이 보이고
들리지 않던 것들이 들릴지도 몰라요
내 마음에 집중해 보세요

내가 바뀌지 않으면 일상이 달라지지 않아요

질문하신
휴식한건
나왔습니다

감정 메뉴판

☑ 무 감정 티
☑ 멍 티
☑ 레드 썬 티
☑ 릴렉스 허브 티
☑ 마음 소프트 케이크
☑ 와그작 러스크

채워지지 않으면 리필 가능

행복은 아주 가까이
내옆에 있어

작은 것에도 사랑이 있어
정성으로 마음을 쏟는다면
소소해도 그건 사랑이야

나를 비롯해 많은 이들이
미안하다는 말을 하기 힘들어 합니다

지고 싶지 않아서
잘 안 해 봐서
얕볼까 봐
잘 몰라서

진심 어린 미안하다는 말 한마디가 때때론
사랑한다는 말보다 더 강력한 힘을 담고 있으니까요
당신과 관계를 찾기 위해 나는 용기를 냅니다

'미안합니다'

두렵더라도 두려워하지 마세요

거창하거나
화려하지않게

사소한
아이의

소소한
행복이

거창하다고 다 대단한 게 아니고
화려하다고 다 반짝이는 건 아니야

하루를 마무리해 주는 해를 보며 감동하고
아름답다는 그 마음 하나로도 충분한 행복이야

지치고 수고한 나를 다독여 주는 것 같아서

시간이 흐르고
힘든 건 지나 갑니다

걱정했던 것 다 끝납니다
불안해할 필요도 없어요

일단,
그냥 하면 돼요

서투르고 느리더라도
포기하지 않는 마음

오늘,
그거 하나면 돼요

Part 2

말보다 마음이 먼저인 사람

틈만나·변니생각

mon   Tue   wed   Thu   Fri   sat   sun

침는데도 보고싶다

아, 어쩌자고…

진짜 조금만 더 버텨 볼게

사는 동안 꽃처럼

조금 늦게 피어나도
괜찮아요
피지 않는 꽃은 없을 테니까요

웃음꽃

나는 가끔
방황하는 어른입니다

너만 생각해
네가 먼저야

새로운 행복을
너에게 줄게

너 자신의 여행을 믿어 봐
새로운 행복을 줄게

잘 이겨 내고 피어날 수 있을 거야
걱정과 두려움이 조금씩 사라질 거야

봄마중

부디
매일 꽃 소식으로

어서 오세요
봄

뛰어놀던 뒷동산에 올라
진달래 따서 맛 봄

언 땅이 녹고 쑥 올라오는 쑥을
엄마랑 뜯는 향기 봄

사월이면 과수원엔 사과꽃이 만발하여
그 가운데 서 있는 아빠의 미소 봄

노랑 분홍 연초록이 콧노래 하는
봄이 오는 소리 들어 봄

잘 지내시나요?
저는 잘 지내고 있어요
망설이지 말고
행복해 주세요!

그날은 네가 너무 좋았던 날이었는데,
문득 '헤어지더라도 널 좋아할 수 있겠구나'라는 생각이 들었어
그래서일까, 네가 어디에 있더라도
무조건 행복하게 살았으면 좋겠어

나 없이도 말이야
너 없이 잘 지내고 있는 나처럼

보내는 사람

받는 사람
마음특별시 원하구 꽃으로
환하게 피어나길

어디를 가시든 사랑받으세요

어제 꿈속 너를 만나

우린 여전히 사랑을 하고

하루만 더 쉬고 싶어
일요일 밤의 꿈

깨고 싶지 않은 꿈

화분에 있는 나무가 너무 예쁘면
옷을 고르듯이 멋을 부려 봅니다
나무의 이름이 너무 길고 외우기 힘들면
나만의 이름표를 만들어 주곤 하지요

키 작은 나무는 '키 컸으면'
크리스마스가 생각나는 나무는 '12월'
더운 나라에 있을 법한 늘어진 식물은 '하와이'

기억하기 쉬운 이름이면 더 자주 불러 주고
친하게 지낼 수 있을 것 같거든요

이름을 부른다는 것은
그 사람을 인정하고 존중하는 거래요

당신의 꽃 같은 이름은 뭔가요?
이름을 불러 주세요

넌 특별해

넌 파란하늘 해
난 흰구름 할게

유치하지만
"하늘 땅만큼 사랑해"
그 말이 참 좋아

왜 그렇게 웃어?

널 봐서
널 보면 그렇게 되더라고

길이 잘맞는 사람 찾음

잘 맞는 결:
대화가 잘 통하고
생각이 비슷하고
별것 하지 않아도 시간 가는 줄 모르고
서로 존중과 배려가 있고
취향이나 감성이 비슷하고
서로에게 도움이 되는 사람

마치 한줄기에 꽃과 잎이 하나인 것처럼

당신이 말하지 못하는 모든 것들로부터
치유되기를 바랍니다

"힘든 하루 보내고 있다면
여기 앉으세요"

좋은 날 보낼 거야
누가 뭐라 하든지
햇살이 나를 감싸고
바람과 새들이 위로해

좋은 날 보낼 거야

사랑해

얼마나 많이 사랑하는지 고백하세요
마음이 부유해지고 오늘의 가장 큰 위안이 될 거예요
가장 하기 힘든 말
들으면 가장 기분 좋은 말
너무 흔하지만 또 듣고 싶은 말
사랑한다는 말은 내일을 살아가는 힘을 줍니다
사랑은 모든 것이니까요

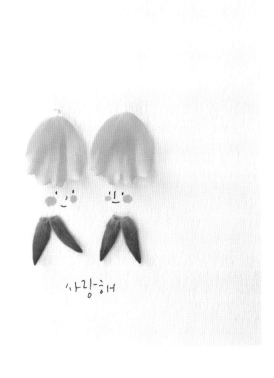

사랑해

'오늘도 사랑해'

사랑한다는 말은
언제라도 늦지 않아요
열심히 사랑을 표현하세요
이 세상에 사랑한다는 말보다
더 따뜻한 말은 없으니까요

낮에 하는 산책이 좋아?
밤에 하는 산책이 좋아?

민들레가 예뻐 앉았다가
나란히 피어 있는 작은 풀꽃을 보았어

밤 하늘에 반짝이는 별이 있다면
땅에 있는 별이겠구나 했지

밤에는 별이 빛나고
낮에는 꽃이 피어 있어

어두울 때도 밝을 때도
온 우주는 지치지 않고
나를 응원하는 것들로 가득해
작아서 더 소중한 것들로

나는 가끔 엄마가
입에 물려준 사탕이
그리운 다른 애은 이다。

어른이지만
아이 같은
마음은
늘 꿈틀댄다

엄마가 우는 내게
사탕 하나 쥐어 주며 눈물 뚝 하면
거짓말처럼 그쳤는데

'어떤 계절을 좋아하나요?' 하고 물으면 망설임 없이 '오월이
라고 해야지'라고 생각했던 어느 날의 내가 기억납니다

사계절이 다 사랑스럽지만, 푸른 바람이 적당히 일렁이고
연둣빛 냄새를 누군가에게 옮겨 주고 싶었던
콧노래가 새어 나와 종종 멜로디 같았던 계절
봄과 여름 사이 나도 따라 흔들립니다

내 몸과 마음은 연한 연둣빛 구름이 되어 흘러갑니다
흘러가다 공유하고 싶은 너를 만나게 된다면 싱그러운 그날
을 소개시켜 주고 싶습니다

아무것도걱정하지말고
같이있어요 우리

너와 함께해줘서 고마워
내일도 함께 하자—

Part 3

무조건 잘됐으면 하는__마음

어떤 순간도 낭비하지 않아요

오늘 사랑을 펑펑 낭비해 주세요

꽃대결

언제나
당신 창가에
활짝 핀 꽃으로
남겠어요

사랑한단 말이에요

한 걸음 한 걸음

누군가 보지 않아도
열심히 성장하려는 내 모습은
늘 아름답습니다

누군가 알아 주지 않아도 괜찮아요
내가 알고 있으니까요
아프고 힘든 순간에도 손 내밀고 토닥이는
자신에게 고맙단 말을 하고 싶습니다

앞으로도 그 자리를 잘 지켜 낼 거라고
깊고 단단한 뿌리를 내릴 거라고

나의 오늘을
내일보다 응원합니다

한. 걸. 음. 씩. 한. 걸. 음. 씩.

수고했어

올해도

끝은

새해복 많이받으세요

새로운 시작

수고했어요

같이 걷던 친구가 작은 풀꽃 하나 꺾어
"너랑 잘 어울려"라며 건넨다
풀꽃은 금방 시들어 버렸지만
우리의 우정은 오래갈 것 같고
오래 같이 걸어도 지치지 않을 것 같다

내일을 같이 걸어도 좋을 사람이 지금 내 옆에 있다

풀꽃처럼 나와 잘 어울리는 네가

가족 사이가 좋아지려면
먼저 서로에게 예의를 지켜야 한대요

제일 편한 사이가 제일 쉬운 건 아니에요

우리 가까운 사이일수록
더 소중히 생각하고 예의를 갖추기로 해요

자주 표현 못하지만
감사하고 사랑합니다—

뇌는 바보라서 말로 해야 알아듣는대요
운동선수들이 "파이팅!" 소리치는 것도
뇌에게 말하는 거라고 해요
뇌는 그 소리를 듣고 힘을 낸다네요

누군가 흔들리고 약해질 때
당신이 힘내라고 기죽지 말라고 소리 내어 말한다면
계속할 수 있는 힘이 생길 거예요

순간의 힘이

쉽게 흔들리지마
쉽게 약해지지도마

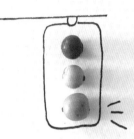

멈추지만 않으면 언젠가ㅡ

힘들겠지만
불가능한 일이 아니야
계속해 봐
기죽지 말고

넌 한다면 하는 사람이니까
꾸준한 모습을 보여 줘

돼

그런 사람 있잖아요
그냥 고마운 그런 사람

넌지시 건넵니다

"넌 위해 준비했어
뜨거우니까 조심해서 먹어야 해"

핫한레몬라떼

행복이 쏟아지길 바라요

행복보다 행운이
행운보다 행복이

세 잎 클로버에 상처가 난 자리에
잎이 하나 더 생겨나 네 잎 클로버가 탄생한 거래요
당신에게도 그런 희망이 있으면 좋겠어요

오늘 마음속 주머니에 넣고 다니면
소원이 이루어질 수도 있잖아요

말하는 대로 이루어지는 것처럼

내 인생을 우선으로 두기
상처 받고 스스로를 가두지 말기
소소한 꿈을 자주 갖기
되돌릴 수 없는 것에 후회 없기
특별한 존재에 매일 감사하기
미루지 말고 지금 하기
아름다운 낭만을 삶의 목적으로 두기
한 걸음 한 걸음씩 걷기

뭐든지 잘될 것 같은 좋은 예감

된다고 본다

안녕
잘 잤어?

눈뜨자마자
행복하라고

힘을 내요 !

잘돼
무조건 잘돼

오늘 어땠어?
점심 뭘 먹었어?
힘들었지?
괜찮아?
많은 물음표들이 때론 힘이 되어 줍니다

담아 두지 않고 마음을 표현한다면
든든한 하루가 될 거예요

다정하고
따뜻하게

봄다운 봄
나다운 나
긍정적인 생각을 하면
네가 서 있는 자리에서
향기로운 꽃이 핀대

곧,
깨어날 모든 생명들에게
희망을
그 희망에 축복이 있으라

추억 버리기

많은 이들이 시작과 동시에 끝에 다다르길 바랍니다
당장 눈앞에 놓인 한 걸음에 집중하고
진득하게 한 걸음씩 걸어가며
다만 멈추지 않을 것

처음은 모든 것이 어렵지만
서두르지 말고
지치지 말고

천천히 천천히

걷다 보면 길이 되는 법이지

내가 출발하는 순간이 바로 시작인 거지

마음을 쓰다듬어 주는
따뜻한 손길이 아름답다
하늘하늘 흔들림이 속살거림이 발길이
꽃길이다

내 눈앞에 있는
가능성에 집중하기

거의 다 왔어

행복해져라-
행복해져라-

딸은 엄마를 위한 초를 밝히고
엄마는 딸을 위한 연등에 소원을 답니다

서로 종교가 다르고 방법은 달라도
서로 사랑하고 위하는 마음은 같습니다

당신의 소원이 이루어지길
나는 소원합니다

맑아지는 중

힘들었죠?! 애썼어요
잘해왔고 잘하고 있고
다 잘될 거예요

계속할 거니까!

비타민 C
배달왔어요

그래서
나의 내일은 더 좋을 거야

"정신 똑바로 차리고 살아" 잔소리하는 사랑하는 엄마
"더 많이 여행하고 더 많이 책을 가까이해서 더 깊어져야 해"
현실적 충고를 해 주는 또 다른 가족
어디든 함께하는 여행 친구
마음을 기댈 수 있는 자매 같은 동생
내 인생의 방향을 잡아 주시고 끊임없이 새로운 이야기가 있는
도서관 같은 스승님
내게 와 줘서 잘 자라 줘서 고마운 어여쁜 아이들
그리고 뭘 하든 응원하고 뭘 해도 귀여워해 주는 '평생 내편'

그래서 충분히 견딜 수밖에 없는 이유
내 옆에 있는 당신들 덕분에

그러니까
내일도 좋은 일이 생길 수밖에

인내해

버텨내

이겨내

견뎌내

다 이루기 바_람

- 몸도 마음도 아프지 않길__바람
- 어디에서든 사랑받길__바람
- 누구보다도 행복하길__바람

실패해도
포기 일지 안기!!

오래 걸려도 한 걸음 더 가 보기

넘어졌다면
일어나면 돼

노력하지 않고
이어지는 관계는
없는 것 같아

진지나니를 찾아

오롯이 내가 되는 길

만약에 말이야 오랜 시간 에너지를 쏟았는데
'내 인생에 왜 봄이 안 오지'
왜 계속 그럴 때 있잖아
지금 상황이 나 자신이라 착각하지 말래
삶을 결과로만 증명하지 말고
너의 이름으로 살아가면 된대
'네가 하는 일로 자신의 존재를 증명하지 않았으면
좋겠다'는 말이 나는 참 위로되더라

각자 우리 이름으로 살아가

걱정을 해서
걱정이 없어지면
걱정이 없겠지

아무 걱정하지 마

오늘의 에너지를
미래의 걱정으로
쓰지 말 것

걱정일랑
내게 맡겨

이 장을 넘기면 걱정이 사라집니다

혼자 있어도 외롭고
둘이 있어도 외로운 거라면
그냥 그대로 있어요

우리는 모두 외로운 사람이니
외로운 사람끼리 함께 있으면
서로 위로되지 않을까요

힘을 합쳐서
좋은 에너지를 모아줄게

Part 4

괜찮다가도 괜찮지 않은__마음

눈이 묘한 건 따뜻하기 때문이다

더 자유롭고 싶어

하고 싶지 않은 건
안 해도 돼

좀
밍기적거리면 어때

밍기적거리다 보면
기적이 일어날지도 모르지

가끔은 그래도 돼

내가 없더라도 별일 없이 사세요
내가 어딘가에서 반짝이고 있을 테니

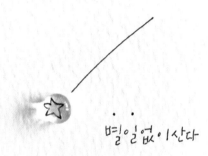

별일없이산다

오늘 힘들었지?
뭐먹고싶어?

조금 더 다정하기 좋은 날

인류 생존의 비결은 '다정함'이라고 해요
다정한 것이 결국 살아남는대요
현대 사회는 바쁘고 쉬는 시간이 줄어들면서
다정 에너지도 줄어든다지요

나부터 조금 더 다정해져서
다정 에너지를 나누어 준다면
상대방도 다정해지지 않을까요

다정한 사람 곁에는
늘 다정한 사람이 머물고 있는 것처럼

오늘 하루 최선을 다했다면 괜 찮 아

mon   Tue   wed   Thu   Fri   sat   sun

계획대로 안 되는 게 인생이래

놓아버려

다른 사람이 나에 대해 어떻게 생각하는지 걱정하지 마
어떤 일을 시작하기 전에 많은 생각과 걱정도 놓아 버려
때론 포기하는 게 좋을 때도 있어
몸에 힘을 빼고 주먹을 펴 봐
무거웠던 마음이 가볍고 나른해져

다 쏟아내고 다시!

지나간 시간과 안녕

햇살을 모읍니다
좋은 날이 올테니까-은

내가 지금 행복하지 않은 만큼
다가올 날의 행복이 있을 거라는
누구에게나 공평한 행복 총량의 법칙

견디고 기다리면 반드시 오고 말 행복
예정되어 있는 행복

살다보면 좋은 일도 있고 슬픈 일도 있어요
그게 인생이에요

가을 잎

세상에 상처 없이 자란 나뭇잎이 어디 있겠어
노력하지 않고 저절로 만들어지는 어른이 없듯이

베이고 아물면 조금 더 단단해지겠지만
난 네가 그만 아팠으면 좋겠어

베인 마음 또 베이지 않게 하소서

그래서
그랬구나-

괜찮아,
그건 네 잘못이 아니야

꽃이 진다고
그대를 잊은적 없다

찬란한 꽃들을 기억하며

나에게 괜찮다

말해 줄 수 있는

지나치지 않는 마음이면 좋겠습니다

아무 계획 없어요

실은 아무 생각이 없습니다
시간이 너무 빨리 가 버려서 넋을 놓고 있어요
오늘이 있기에 오늘을 열심히 살 뿐
오늘!

타인에 의해 만들어진 괜찮지 않은 마음은
잘 덜어 내고 내일까지 가져가지 말기

괜찮지않은마음

괜찮은 척

―――――

괜찮다
괜찮다가도
괜찮지 않은 마음

괜찮 지 않 다

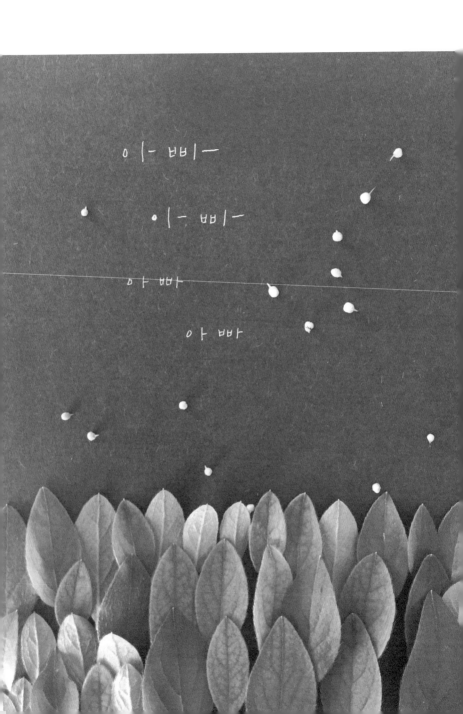

한세상 살아내느라
애쓰셨습니다
기쁨만 가져가세요

그해 여름은 눈이 참 매웠습니다
슬픔이 조금 옅어졌다면
그리움은 더 짙어졌습니다
깊고 더 깊게 그리워지는 밤입니다

보고 싶습니다
그립습니다

어디 아파?
왜 그래?
너 울어?

무슨일있어?

꿀록꿀록 아프지말아요.

아프면 아프다고 말해
힘들면 힘들다고 말해
슬프면 충분히 슬퍼해
참지 말고

더 많이 울고
더 많이 헤매고
더 많이 그리워하고

충분히 아파해야
충분히 괜찮아질 수 있어

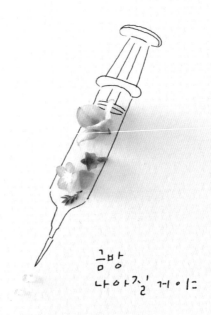

금방
나아질' 거이드

그냥 울고 싶을 때가 있지요?
왜 우냐고 묻지 않고
그냥 조용히 기다릴게요
눈물 뚝 하지 않아도 돼요
시원하게 울고 나면
기분이 좀 나아질 거에요
나빴던 감정은 사라지고
기분은 개운해질 거니까요

울어도
괜찮아

김시 이라고 써흐게ㅠ

구름이 태양을 지나쳐 갑니다.

지 나 가 는 사 람 에 게
상 처 받 지 말 아 요

    부정적인 감정은 지나갑니다
    거기에 연연하지 말고
    그냥 지나치기로 해요

    '이 또한 지나가리라'라는 말이 있듯이

당신은 그저 행복하고 따뜻하길

보내야 하는 마음과
보내고 싶지 않은 마음
그 어딘가에서

보고 싶지만

그러려니 하자

이렇게 큰 나무가 되기까지
큰 그림자가 있기까지
얼마나 많은 시간이 필요했겠어

쏟아지는 비가 계속 내리지는 않겠지
내일은 구름이 개고 적당한 바람과
다정한 해를 만날 수 있을 거야

어쩌면 무지개를 먼저 만날지도 몰라

조금 소란스럽겠지만
비가 영원히 내리는 건 아니니까
시간을 두고 조금 기다려 볼게

아쉬움과 설렘 사이

아쉬운 마무리와
새로운 시작의 설렘 사이에서
한 계단 올라선
그 걸음에 축복이 있기를

　　　새로운 날들을 위해
　　　눈물을 아껴 둬

Part 5

나를 사랑해야 사랑할 수 있는__마음

사랑한다는 말보다
따따뜻한 말은
지금까지 없었다

우리 걸어요

날 싫어해도 괜찮아
내 편 한 명이면 돼

모든 사람이 나를 좋아해 줄 필요 없고
모든 사람을 내가 좋아할 필요도 없어

네 손은 내 손을 잡으라고 있는 거야

나는 사랑받을 자격 있다
나는 쉴 자격이 있다-

사랑은 볼 수 없지만 느낄 수 있다

나는 자주 선생님이라는 말을 씁니다. 택배 일에 종사하시는 분, 주차장이나 주유소, 편의점에서 일하시는 분 그리고 상담원 등등 잠시 만나 바람처럼 스쳐 지나는 인연이지만 그들은 나에게 모두 선생님입니다. 택배 선생님, 주차 선생님, 주유 선생님…. 그 분야에서 나보다 더 많이 아시는 분들이고, 되도록이면 상대방을 부를 때 기분 좋은 말이 기분 좋은 하루를 만드니까요. 무엇이든 상대적이듯 돌아오는 말투도 부드럽습니다.

지인들은 나에게 "왜 선생님이라고 불러?"라는 질문을 자주 합니다.
"그냥 기분 좋잖아."

말하는 사람도 듣는 사람도 잊지 않았으면 좋겠습니다.
상대방을 존중해 주는 것은 매우 중요합니다.
내가 누군가에게 존중 받고 싶은 것처럼.

나는 당신을 봅니다
마음속 진짜 마음을 봅니다

"여기까지 온 건 다 당신 덕분이에요"
서로가 수고하고 애쓴 걸 알아주기로 해요

감탄해 주는 게 칭찬이래요
잘 안 된다면 연습해도 좋아요
그래요? 대박? 정말요? 와! 그랬구나!
대단해! 대단해!

인정하고 배려하는 것
충분히 공감해 주는 것
사랑하는 것

I miss you

'좋아'라는 말을 자주 쓰는 게 좋아
왠지 행복한 사람 같아서 좋아
그냥 좋으면 좋은 거지
'좋아'가 나는 좋아

내 안의 빛이 가득한 사람
가슴에 무지개가 있는 사람
지금처럼 그리 살아 줘

　　　아들아, 딸아
　　　마음 대로 하고 싶은 대로 다 하고 살아
　　　마음은 아끼지 말고
　　　너하고 싶은 대로 말이야

엄마가 그리 살고 싶었던 것처럼

누군가의 말에 흔들리지 말고
부디 마음 가는 대로

괜찮아
속도와 방향은 내가 정해

행복한 나로 살기로 했다~

남들과 비교하지 말고 너는 너대로 살아가
기억해, 넌 특별하고 소중해
누구도 너를 대신할 수 없어
너는 너야

너를 잃어버리지 마

행복쌓기

- 오늘의 행복 미루지 말기
- 내 인생의 주인공인 나와 자주 만나기
- 오늘만 신경 쓰기

햇살같은사람

월요일이라는 표정에
웃음이라는 긍정의 힘 더하기

웃음이 최고의 화장법이라지요?

웃는 네가 제일 예뻐

너는
아름답다—

있는그대로
아름답다—

오늘의 순간이 모여
인생이 되는 거야

나는 내가
가진것에
감사한다—

"너라는 꽃 한 송이로 충분해"

그 안에는 희망도 있고
인내와 꿈도 있어
한 송이라고 하찮게 보면 안 돼
특별하지 않은 꽃은 없으니까
마음을 담기에 충분해

너를 잃지 마
소중한 존재라는 걸 잊지 마

누군가가 당신에게
꽃을 가져다주기를 기다리는 대신에
나만의 꽃밭을 가꾸고
나만의 영혼을 장식하길 바랄게요

다 다른 나무들이 모여 숲이 되고 산이 되듯이
다 다른 꽃들이 모여 꽃밭이 되듯이

미운 말은 조금 다듬고
상처 난 마음은 잘 잘라 내고
마른 마음에는 물을 주어 촉촉하게 해 주고
넘치지 않게 적당히

사람도 꽃도 다 비슷해

내 마음을
살피는 자리

하루니 마티니

무언가 이루고자 하는 게 있다면
"잘될 것이다"라는 긍정적인 생각과
말과 행동이 필요할 것 같아요
지난 일은 잊고 현재에 집중해

Mon   Tue   Wed   Thu   Fri   Sat   Sun

궁긍히한디긍 더 $\frac{2}{6}$이-지지는 $\frac{1}{6}$장-이-

네 머릿속엔
무슨 생각들로 가득해?

커피
꽃놀이
휴일
봄
·
·
·

가장 행복한 순간은
이제 곧 올 거야
자꾸 생각하고 이야기하면
내 눈앞에 나타난대

활짝 피어라 내 인생

시시하지않아 내인생은!

예쁘기도 하구나~

나는 내가 진짜 좋다

나는 지금의 내가 너무 좋다
언제로 돌아가고 싶으냐고 물으면
나는 현재가 가장 행복하다고
돌아가고 싶은 날은 없다고 말한다
다만, 좋았던 기억은 그대로 두고
나는 지금 이 순간이 중요하다

나를 돌보는 일은 나로 살아가는 시작이다
나를 싫어하는 사람도 존재하고 좋아하는 사람도 존재한다
누군가 나를 싫어해도 괜찮을 용기가 이제는 있다

자신의 모습에 만족하세요
외모에 대해 걱정하지 마세요
겉으로 보이는 것은 중요하지 않아요
모든 것은 내면에서 나오는 거니까요

이 세상
무엇보다.

———

보다 나다워지기

누군가를 사랑하고자 한다면
나 자신을 먼저 사랑해야 해

내 마음의 작은 소리를 들어 봐

난 준비 됐어
행복할 준비

비록 완벽하지 않은 날들일지라도

산타

귀하고 귀한사람

누군가 날 평가할 자격 주지 말기

행운은 내 마음에서 옵니다

오늘
주문하신
행복과 행운이
배달되었습니다

당신이 무너질 것 같을 때
급하게 필요할 때 말해요
새벽배송 시켜 줄게요

눈뜨면
공짜로

모닝커피 한 잔 어때요?

그래요
따뜻한
커피 한 잔이랑
같이 오면 좋겠어요

그대로가 좋아-

비우기

공간을 두어요
누군가 마음에 들어올 수 있도록

마음도 정리가 필요하니까요

오랜 기간 연락하지 않은 사람들
그리 중요하지 않은 사진들
내가 알지도 못하는 광고 문자들

열심히 지우고 버리고 비웁니다
비로소 가벼워지고 속도가 납니다

오늘 잠시
휴지통 비우기로
저장 공간을 늘려 보는 건 어떨까요?

Part 6

생각만 해도 간지러운__마음

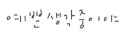

이별 생각중이다

내게 온 행복이 충분히 번지도록 그냥 두세요
갑작스러운 불행이 왔을 때
좋은 에너지가 불행을 거뜬히 지워 버릴 수 있게
충분히 번지기를

소소한 행복을 저장하는 중이랍니다

마음
알든 오늘을
선물해줘서

그제는 당기는 문을 버거워하는 할머니 대신 문을 열어 들어가
실 수 있게 배려했고, 어제는 운전 중에 신호등 없는 곳 횡단보
도에서 사람이 먼저 건널 수 있게 한참 양보했고, 오늘은 부끄
럽지만 전화로 엄마에게 생일 노래로 기쁨을 주었어. 내일은
널 만나는 약속 장소에 먼저 가서 빛이 드는 창가 자리를 잡아
놓을 거야. 모레는 무엇으로 나의 행복을 만들까?
내게 자주 사랑스럽고 행복한 날들을 만들어 주는 거야. 그렇게
소소한 날들이 모여 매일매일 더 괜찮은 내가 되어 가고 있거든.

자주 자주
행복하기

너는
사랑이야

안으면 포근해

나도 네가 좋아

나 너 좋아해!
내가 너 좋아한다고 말했던가?

좋은 네가 내게 왔으니
나는 더 좋은 사람이 될래

아무것도 되지 않아도 돼
그냥 너로 충분해

일편단심
사랑해

사랑받아 마땅해

목소리 듣고 싶어 전화하려던 참에
먼저 전화로 목소리 들려주고
생각만 했는데 갑자기 저기서 나타나고
먹고 싶었던 걸 말하기도 전에 딱 안겨 주고

마음이 같아지는 순간이 많았던 순간순간들

어느날 헤어지더라도 진심이었던 그 시간들은 잊지 않을 기로 해요

초록색을 보면
초록색을 좋아하는
나를 생각하고

길을 가다
우연히 네가 좋아하던
노래가 생각나는 것처럼
내가 좋아했던 걸 보면
나를 생각해 줄래?

네가 날 떠올릴 더 많은
것들을 남겨 둘걸
내 생각 더 많이 나게

기억한다는 건
누군가를 부지런히 사랑하는 일

차가운 손끝이
따뜻해지는 순간

널 만난 걸 후회해 본 적이 없어
동글동글한 말과 마음을 주는
네가 옆에 있으면
모든 게 동그라미

중요한 건
정답이 아니라 공감이야

" 네가 옆에 있으면
모든게 쉬워 보여 "

앗참아~
하고싶은말이
있는데
말이야

나-은1 ㅓ/ㅗ 이 ㄷㅗ1 7/2 21-1 ?

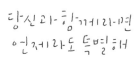

당신과 함께라면
언제라도 특별해

가장 행복한 순간
곁에 있는 사람이
당신이면 좋겠습니다

당신이 당신이라서
참 다행입니다
참 좋습니다

빨리 와
보고 싶다

너만큼 따뜻한
봄이 오고 있대

나는 이야기하고
너는 웃어 주고

화내는 본인의 모습이 싫어서 화를 내지 않는 사람
후회하는 말은 입 밖으로 잘 내지 않는 사람
예쁘게 말하는 걸 잘 아는 사람
배려가 몸에 밴 사람, 공감을 아주 잘하는 사람
"그럴 수 있지"라는 말을 자주 하는 사람
평화를 사랑하고 좋아하는 사람
긍정적인 마인드로 옆에 있는 나를 물들이는 사람
밝고 따뜻해서 옆 사람을 쉬게 해 주는 사람
우리 일은 내 일이기도 하니까 스스로 찾아서 하는 사람
날 세운 것들이 없는 자연스러운 자연을 닮은 사람

당신의 온도는 조금 밍밍하지만 달보드레한 사람
그래서 내가 좋아하는 사람

나는 이야기 하고
너는 웃어 주는
우리는 평생 친구

두 사람

매번 싫었는데
넌 왜까?

넌 항상 나를 설레게 하는
재주가 있어

그래요
환절기에요
감기 조심해요

당신
생각이
났어요

가벼움과 무거움 사이

인생은 한 번뿐이니까
오늘을 열심히 즐기는
오늘의 행복만 중요해?

인생은 경험이니까
가치 있는 삶을 위해
미래를 준비하는 게 중요해?

당신은 뭐가 더 중요해?

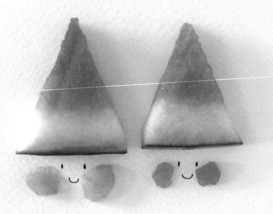

행복은 스스로 만드는 거야

그러니 오늘도 사랑할 '수박'에

한여름이면 양손 가득 수박을 들고 엄마가 계신 마을회관을 찾습니다. 삼삼오오 모인 수다 방은 달디단 수박으로 꿀 떨어지는 새로운 이야기가 시작됩니다. 수박을 열면 마음이 열립니다.

서로 살피며 함께 살아갑니다. 엄마의 요가 친구, 매일 동네 한 바퀴 걷는 대추밭 집 동갑내기, "별일 없었어요?" 안부를 물어봐 주는 고추밭 언니, 딸보다 엄마 입맛을 잘 아는 옆집 아주머니, 도시 이야기를 들려주는 언덕집 언니.

딸보다 동네 친구가 많은 엄마는 축복입니다. 딸은 그 맛에 배달을 옵니다. 행복을 맛보려고. 잘 익은 수박처럼 마음은 고당도가 되고, 돌아오는 길은 수박꽃이 만발입니다.
오늘도 우리 엄마 친구가 되어 주시고, 둘러앉아 즐거움을 나눠 주셔서 고맙습니다.

행복을 기다리기보다 내가 행복해지려고 행복을 찾아 나섭니다. 잘 살고 싶어서.

'나 지금 즐겁구나'
'나 지금 행복하구나'

너는 볼 때마다 예쁘구나~
예쁜것만 보고 살지~

오늘 네가-
제일 예뻐
이건
L♡ve 야는

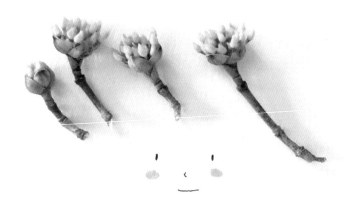

생겨요 좋은 일

오늘의 운세

- 새로운 출발하기 좋은 때다.
- 기분 좋은 상상의 나래를 펼치는 것이 힘이 되어 준다.
- 입에 침이 마르도록 자랑할 일이 생기고 그동안 서운했던 것이나 오해했던 부분을 풀 수 있겠다.
- 실수하기 쉬운 날이다.
- 실수하더라도 빨리 인정하고 상대방에게 이해를 구하라.
- 원하는 결과가 아니라도 남은 인생에 도움이 되는 소중한 경험을 하게 된다.
- 인생의 멘토가 되어 줄 좋은 스승을 드디어 만나게 된다.
- 당장 상처 주는 것 같아도 솔직하게 말하는 것이 좋다.
- 부모가 물려준 자신의 능력을 제대로 보여 줄 수 있을 것이다.
- 구름이 걷히면서 빛나는 태양처럼 숨겨져 있던 가능성을 발견하게 된다.
- 몸도 마음도 가벼워지고 모든 일이 순조롭게 풀린다.
- 짜증 내지 마라. 되던 일도 안 된다. 이해하는 마음을 가져라.
- 자신이 원하는 삶과 점점 멀어지는 것 같아도 위축되지 마라.
- 좋아해서 하고 싶은 일과 할 수 있는 일을 구분하라.
- 재충전하기 위한 주말여행 계획을 세워 보는 것도 좋겠다.
- 목표를 세우기 좋은 날이다.
- 좋은 기회가 올 듯하다.

서로다름을
인정하고 존중하기

서로 자주 안아주기

끊임없이 소통하기

행복한 순간이
정말 많기를 바라요

행복을 하나의 감정으로 다
말할 수는 없지만,
우린 사랑 받고 싶고
사랑 받기 위해 태어났어요

서로 소중히 아끼며 사랑하고
감사하기로 해요

오늘도
고마워요

걱정은 내일
후회는 어제
행복은 지금

행복은 지금 여기에 있습니다

행복은 지금 여기에 있습니다

눈이 예쁘다는데
당신만 할까-

너는 그런 날 좋아하고

네가 온다
내게 온다

한 사람이 온다는 건
온 우주의 힘이 함께 온다는 것
지치고 힘든 순간을
버틸 수 있게 하는 힘
네가 내게 온다

이런저런 마음들이 모여
결국, 내 마음

그러니까 일단
내 마음대로 할래요

지금 내 마음이
너에게로 가고 있는 것처럼

그냥 지나치지 않는 마음입니다

초판 1쇄 인쇄 2024년 5월 9일
초판 1쇄 발행 2024년 5월 30일
지은이 굳세나
펴낸이 이진영 배민수
기획·편집 밀리&셸리
디자인 허브
마케팅 태리
펴낸곳 (주)테라코타 **출판등록** 2023년 1월 13일 제2024-000068호
주소 서울특별시 마포구 어울마당로 130 기린빌딩 3층 3604호
메일 terracotta_book@naver.com
인스타그램 @terracotta_book